팥빙수 눈사람
펑펑 ①

글 ◆ 나은

대학에서 글쓰기를 공부했으며 어린이책을 만들고 있습니다. 새롭고 재미있는 이야기를 만들기 위해 뭉친 크리에이터 그룹 '구름의가능성'에 소속되어 있습니다. 다정한 마음으로 첫눈처럼 반갑고 포근한 이야기를 쓰고 싶습니다. 『팥빙수 눈사람 펑펑』은 처음 펴내는 책입니다.

그림 ◆ 보람

그림책 작가입니다. 공동체 미술 강사, 마을 활동가, 초상화 작가, 이모티콘 작가 등 세상에 스며들기 위해 할 수 있는 활동들을 이어 왔습니다. 작품으로 『파닥파닥 해바라기』『모두 참방』『고양이 히어로즈의 비빔밥 만들기』『완벽한 계란 후라이 주세요』『거꾸로 토끼끼토』『마음 기차』 등이 있습니다.

팥빙수 눈사람 펑펑 1

초판 1쇄 발행 2024년 11월 1일

지은이 나은 | **그린이** 보람

펴낸이 염종선 | **기획·편집** 기획사업부 | **디자인** 로컬앤드 이재희 | **조판** 신혜원 | **펴낸곳** ㈜창비

등록 1986. 8. 5. 제85호 | **제조국** 대한민국 | **주소** 10881 경기도 파주시 회동길 184

전화 031-955-3333 | **팩스** 031-955-3399(영업) 031-955-3400(편집)

홈페이지 www.changbi.com | **전자우편** plan@changbi.com

© 창비 2024

ISBN 978-89-364-4879-0 73810

팥빙수 눈사람 펑펑 ①

나은 동화
보람 그림

창비

차례

눈사람 안경점의 펑펑   08

수상한 발자국의 정체가 궁금해   13

소풍 날의 날씨가 궁금해   37

친구의 슬픔이 궁금해   52

내 짝꿍이 궁금해   70

직원을 구합니다   83

작가의 말   96

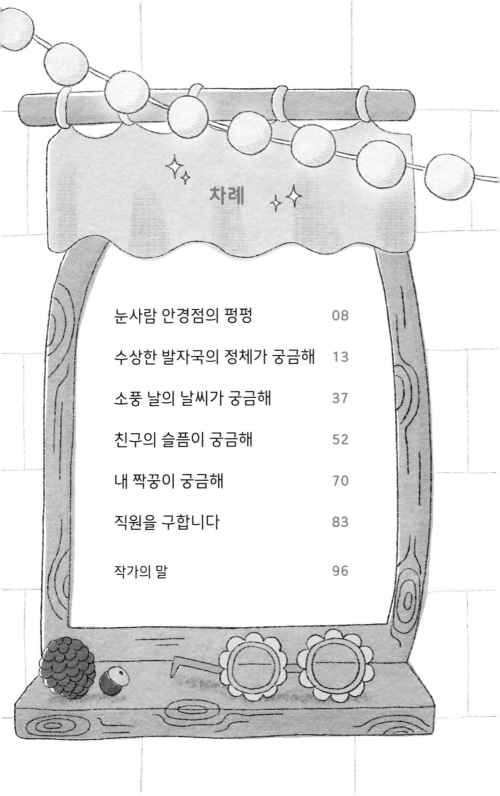

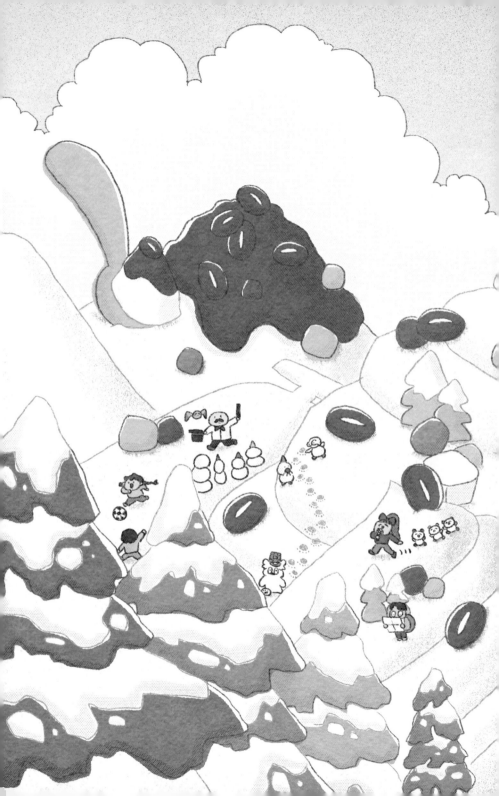

눈사람 안경점의 펑펑

거대한 팥빙수처럼 생긴 산이 있어. 사계절 내내 눈 꽃으로 뒤덮인 산은 꼭 수북하게 쌓인 얼음 같지. 크고 작은 봉우리가 쭉 이어진 이 산의 원래 이름은 도래산 이지만, 모두가 팥빙수산이라고 불러. 산이 둘러싼 작은 마을은 산의 이름을 따라 도래마을이었지.

팥빙수산을 자세히 보면 동글동글한 찹쌀떡이 콕콕 박혀 있어. 바로 눈사람들이야. 팥빙수산 봉우리에는 눈사람들이 모여 사는 마을이 있어. 눈사람 마을은 꼬불꼬불한 길을 따라 한참 올라가면 도착해. 몸이 으슬으슬 떨리고 추위가 찾아오면 눈사람 마을이 가까워졌다는 뜻이지.

눈사람 마을 가장 안쪽, 사람의 발길이 쉽게 닿지 않는 곳에는 신기하게 생긴 가게가 있어. 커다란 이글루 두 개가 통로로 연결된 모양인데, 하늘에서 바라보면

꼭 안경처럼 생겼어. 문에는 '눈사람 안경점'이라는 간판이 붙어 있었지.

안경점의 주인은 눈사람 '펑펑'이야. 펑펑은 하얀 눈을 뭉쳐서 안경테를, 투명한 얼음을 깎아서 렌즈를 만들어. 안경 모양을 갖춘 뒤에 마지막으로 호 불어 주면 안경은 더 단단하게 얼어붙어. 펑펑의 손길이 닿은 눈 안경에는 신비한 힘이 깃들지. 안경을 쓰면 보고 싶은 장면을 볼 수 있어. 이미 지나간 과거도, 미래의 모습도, 혹은 누군가의 마음속까지도.

사람들은 펑펑을 찾아오곤 했어. 안경으로 보고 싶은 것이 많았거든. 펑펑은 손님들이 원하는 장면을 볼 수 있게 안경을 만들어 줘. 그 대신 손님들은 안경값으로 빙수에 얹을 재료를 가져다 주지. 펑펑이 세상에서 제일 좋아하는 게 바로 빙수거 든. 찹쌀떡, 젤리, 바나나 무엇이든 환영이지만 뭐니 뭐 니 해도 펑펑이 가장 반기는 재료는 달콤한 팥이야.

누구에게나 눈 안경을 만들어 주는 건 아니야. 눈사람 안경점에는 규칙이 있어. 다른 사람을 다치게 하거나, 지나치게 욕심을 부리면 안 돼. 그랬다간 혼쭐이 날지도 모르니까.

수상한 발자국의
정체가 궁금해

오늘은 쉽니다.
여기까지 오신 분들은 이름을 남겨 주세요.
다음에 공짜로 안경을 만들어 드릴게요!

눈사람 안경점에 작은 종이가 붙었어. 펑펑은 아침부터 정신없이 가게 안을 돌아다니고 있었지.

"이것도 챙겨야 하고, 이것도."

펑펑은 작지만 단단한 망치, 끝이 날카롭게 빛나는

조각칼을 배낭에 넣었어. 가방 안에는 팥빙수산 지도와 통조림 팥도 들어 있었어. 펑펑은 계속 주위를 두리번거리며 더 잊은 것이 없는지 살폈어.

"앗, 가장 중요한 걸 두고 갈 뻔했네."

펑펑은 가게 구석 옷걸이에 걸린 고글을 찾아 머리에 척 얹었어. 평소와 달리 촘촘한 포대 자루로 만든 외투도 입었지. 펑펑은 커다란 배낭을 메고 힘차게 안경점

문을 열었어. 찬 바람이 휑 불어와 외투 자락을 날렸어.

오늘은 팥빙수산이 가장 추운 날이야. 긴 겨울 중 딱 하루, 입김도 얼어붙을 정도로 추운 날이 오면 펑펑은 얼음을 캐러 떠나곤 했어. 눈사람 안경점에서 쓰는 렌즈는 깊은 산속에 숨어 있는 얼음으로만 만들 수 있어. 낮에는 따뜻한 햇볕을 받아 살짝 녹았다가, 다시 밤이 되어 꽁꽁 얼기를 반복한 얼음은 아주 투명해. 혹독한 추위가 찾아온 오늘 같은 날, 얼음은 강하게 빛나지. 이때 얼른 캐야 특별한 렌즈를 만들 수 있어. 물론 매끄럽게 다듬는 솜씨도 중요하지만 말이야.

펑펑은 팥빙수산 지도를 펼쳤어. 팥빙수산은 봉우리가 여러 개야. 봉우리마다 모양과 높이도 다르고 온도도 환경도 조금씩 달랐어. 오늘의 목적지는 은하봉이야. 은하봉의 얼음은 밤마다 별빛을 받아 다른 봉우리의 얼음들보다 유난히 더 반짝이지. 펑펑은 꼭 어두워

지기 전에 안경점으로 돌아왔기 때문에 빼곡한 별을 본 적은 없지만, 반짝반짝 빛나는 얼음만 봐도 별들이 얼마나 가득할지 그려졌어.

펑펑이 눈사람 마을을 가로지르고 있을 때였어.

"펑펑!"

누군가 펑펑을 불러서 뒤를 돌아보니 옆집에 사는 눈사람이었어. 어쩐지 표정이 밝지 않았지.

"무슨 일이야?"

"펑펑, 혹시 얼음을 캐러 산에 가는 거야?"

"맞아."

그러자 옆집 눈사람은 걱정이 가득한 목소리로 말했어.

"아직 소문 못 들었어? 마을 입구에서 커다란 발자국이 발견됐대. 게다가 발톱이 엄청나게 날카로운 모양이야. 발자국 주인이 어디로 갔는지 모르겠지만, 다들 겁

먹은 것 같아."

그 말을 듣자 펑펑도 겁이 났어. 하지만 비어 버린 얼음 창고를 생각하자 발길을 돌릴 수 없었지.

"알려 줘서 고마워. 조심해서 금방 다녀올게."

펑펑은 얼른 다녀오기로 마음먹고 발걸음을 재촉했어. 경사가 가파른 언덕을 오르고, 몸이 녹아 버릴 수도 있는 물웅덩이를 잘 피하고, 좁은 비탈길을 굽이굽이 지났어. 가끔 절벽에서 커다란 눈덩이가 떨어지고, 미끄러운 내리막길에서 데굴데굴 구르는 바람에 몸집이 더 불어나기도 했지. 봉우리가 가까워질수록 바람이 더욱 거세졌어. 펑펑은 고글이 날아가지 않도록 끈을 꽉 조였어.

드디어 펑펑의 눈앞에 얼음으로 뒤덮인 봉우리가 나타났어. 눈보라가 치는 땅과는 달리 하늘은 맑았어. 얼음덩어리가 아름답게 빛났지. 이렇게 크고 웅장한 봉우

리는 처음이었어.

"그동안 왜 이 봉우리를 보지 못했을까? 오늘은 얼음을 잔뜩 캘 수 있겠어."

펑펑은 배낭에서 망치와 조각칼을 꺼내 손에 꼭 쥐었어. 쉴 새 없이 망치와 조각칼로 얼음을 떼어 냈지. 손은 점점 빨라졌어. 집중한 나머지 시간이 가는 줄도 몰랐지. 정신을 차려 보니 어느덧 해가 질 무렵이었어.

'이런, 너무 늦었어. 얼른 돌아가야겠다.'

펑펑은 얼음이 가득 담긴 자루를 들쳐 메고 걷기 시작했어. 너무 욕심을 냈는지 무거웠지만 쉴 수는 없었어. 아침에 들은 말이 떠올랐거든.

"마을 입구에서 커다란 발자국이 발견됐대. 게다가 발톱이 엄청나게 날카로운 모양이야."

펑펑은 무서운 생각을 떨치기 위해 고개를 절레절레 저었어. 겁만 커질 뿐이었어. 그래서 다른 생각을 하기 위해 안경점을 처음 열던 날을 떠올렸어.

 펑펑의 첫 손님은 나이가 많은 할머니였어. 할머니는 어린 시절 뛰어놀던 바닷가의 모습을 다시 한번 보고 싶다고 했지. 펑펑은 눈 안경을 만들어 할머니에게 주

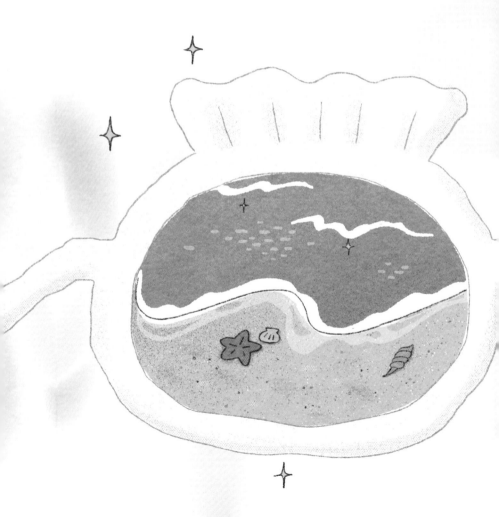

없어. 안경이 녹은 뒤 할머니는 말했어.

"따뜻한 햇볕도, 사각거리는 모래도, 철썩이는 파도
도 그대로구나."

펑펑은 어리둥절했어.

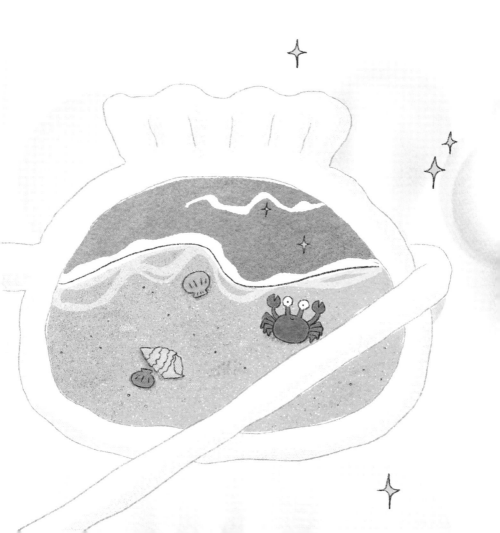

"제가 만든 안경으로는 눈으로 볼 수만 있어요. 소리를 듣거나 손으로 만져 볼 수는 없어요."

"꿈꾸는 건 누구에게나 자유란다. 상상하면 돼. 그럼 무엇이든 가능하지."

할머니의 말은 알 것 같기도 했고, 전혀 모르겠기도 했어. 할머니는 안경점을 떠나며 어리둥절해하는 펑펑에게 말했지.

"모든 일은 생각하는 대로 흘러가는 거야."

펑펑을 바라보던 할머니의 미소를 떠올리자 무서웠던 마음이 진정되었어.

"무엇이 나타나든 내 펑펑 펀치로 다 이기지."

마음을 바꾸자 무겁기만 하던 자루도 가볍게 느껴졌어. 하지만 펑펑은 몰랐지. 누군가 자신의 뒤를 계속 따라오고 있다는 걸.

부지런히 걸었지만 집에 도착하기 전에 완전히 해가

지고 말았어. 어쩔 수 없이 근처에 있는 동굴을 찾아서 거기에서 밤을 지새우기로 했어. 펑펑은 추위를 느끼지 않지만, 깜빡 잠이 들어 어딘가로 굴러가 버리면 길을 잃을지 모르니까.

조금 더 걷자 마침 작은 동굴이 나타났어. 펑펑은 얼음 자루와 배낭을 내려놓고 벽에 기대어 앉았어. 그러자 잠이 쏟아졌어. 눈이 스르륵 감기려던 찰나, 펑펑의 앞에 거대한 발이 나타났어. 그 순간 펑펑은 눈을 확 떴어.

"으악!"

온몸의 눈송이가 오소소 튀어 오르는 것 같았어. 거대한 발은 점점 펑펑의 곁으로 다가왔어. 코앞까지 가까워졌을 때 펑펑은 비로소 그것이 무엇인지 알 수 있었지.

"……곰?"

하얀 털을 가진 북극곰이었어. 곰은 품 안에 얼음을

가득 들고 있었어. 곰이 얼음을 건네며 말했어.

"네 거 맞지? 오는 길에 떨어져 있었어."

펑펑은 화들짝 놀라 얼음을 담았던 자루를 보았어. 자루 아래가 찢어져 있었어. 가볍게 느껴진 게 아니라 자루가 정말 가벼워졌던 거야. 북극곰이 들고 있는 얼음은 체온 때문에 이미 녹아서 작아져 있었어. 털도 흠

뻑 젖어 있었지.

"이걸 주려고 나를 따라온 거야?"

북극곰은 고개를 끄덕였어.

"나는 스피노야. 여기저기 돌아다니다가 이 산까지 왔어."

"나는 펑펑. 저 아래 눈사람 마을에 살아."

펑펑은 스피노에게 눈사람 마을과 안경점에 대해 들려주었어.

"내가 어제 갔던 마을이 눈사람 마을이었구나. 작고 예쁜 동네였어!"

펑펑은 마을에 나타났다던 큰 발자국의 주인이 스피노라는 걸 깨달았지.

"눈사람들이 너의 발자국을 보고 놀란 거구나."

"그런 오해는 익숙해. 하지만 걱정하지 마. 나는 전혀 무서운 곰이 아니니까."

스피노는 온몸을 흔들며 젖은 털을 말렸어. 펑펑은 고마운 마음에 스피노에게 선물을 주고 싶었어.

"혹시 보고 싶은 게 있어? 내가 만든 안경으로는 뭐든 볼 수 있거든. 과거도, 미래도, 마음도."

스피노는 잠시 고민하더니 입을 열었어.

"언젠가 들은 적이 있는데, 세상에서 제일 아름다운 긴 별똥별이래. 그만큼 보기가 힘들어서 별똥별에 대고 소원을 빌면 그게 이루어진대. 별똥별이 보고 싶어."

펑펑은 고개를 끄덕인 뒤 발아래 놓인 눈을 꽁꽁 뭉쳤어. 곧 테두리가 뾰족뾰족한 별 모양 안경테가 완성됐지. 이제 렌즈만 만들면 되는데…….

스피노가 준 얼음이 그새 더 작아져서 렌즈를 만들기에 너무 자그마해진 거야. 자루는 텅 빈 지 오래였지. 얼음을 캐려면 다시 봉우리까지 돌아가야 했어. 그러면 시간이 한참 걸릴 거야. 이미 잔뜩 기대하고 있는 스피노의 얼굴을 보니 선뜻 입이 떨어지지 않았어. 펑펑은 주저하다가 안경테를 들고 스피노에게 갔어.

"저…… 스피노, 얼음이 말이야."

펑펑의 말이 다 끝나기도 전에 스피노는 눈 안경을 잡아챘어. 펑펑이 사실대로 말하려는 순간 스피노가 외쳤어.

"펑펑, 너무 아름다워. 별똥별이 엄청나게 많아!"

펑펑은 깜짝 놀랐어. 그럴 리가 없는데.

스피노 옆에 선 순간, 펑펑의 눈도 휘둥그레졌어. 정말로 은하수가 눈앞에 펼쳐져 있었거든. 하늘에서는 별똥별들이 무수히 떨어지고, 그 별똥별들이 투명한 얼음 산에 비쳐 온 세상에 별똥별이 가득한 것처럼 보였던 거야. 그 광경은 정말 감동적이었지.

"펑펑, 우리 소원 빌까?"

스피노는 두 눈을 꼭 감고 두 손을 가지런히 모았어.

펑펑도 스피노를 따라 눈을 감았어. 그때 펑펑의 귓가에 작게 속삭이는 목소리가 들렸어.

"세상에서 제일 인기 많은 북극곰이 되게 해 주세요. 아무도 날 무서워하지 않고, 나를 보면 품에 안기는 슈퍼스타 북극곰이요!"

스피노의 소원을 들은 펑펑의 입꼬리가 살며시 올라갔어. 안경이 녹아내리자 눈을 뜬 스피노가 물었어.

"펑펑, 너의 소원은 뭐야?"

"나는 세계 일주에 성공한 최초의 눈사람이 되는 거야."

"세계 일주? 다른 나라에 어떻게 갈 수 있는데?"

"그야 당연히 내 썰매를 타고 가지. 얼음길에서 썰매만큼 빠른 건 없거든."

"더운 곳에는 갈 수 없지 않아?"

"지금은 그렇지만 언젠가 녹지 않는 얼음 썰매를 타

고 가 볼 생각이야.”

“진짜 멋진데!”

“그런데 너는 어떻게 여기까지 오게 된 거야?”

스피노는 은하봉에 오기까지 있었던 일들을 들려주었어. 빙판 위를 건너다 물에 빠질 뻔한 순간, 펑펑만큼 큰 생선을 아깝게 놓친 일……. 스피노의 말을 듣고 있자니 펑펑은 잠이 솔솔 쏟아졌어.

펑펑이 다시 눈을 떴을 때 스피노는 이미 사라지고 없었어. 그 대신 펑펑 옆에는 얼음이 놓여 있었어. 자루를 꽉 채울 만큼. 얼음은 너무 크지도 너무 작지도 않은 완벽한 크기였지. 스피노가 얼음을 캐다 주지 않았다면 손님을 맞이할 수 없을 뻔했어.

“좋은 친구를 만나 다행이야. 만나서 인사를 하면 좋을 텐데……. 하지만 손님이 기다릴지도 모르니 얼른 가야지.”

펑펑은 찢어진 자루 끝을 묶고 그 안에 얼음을 가득 채운 다음 묵직해진 자루와 배낭을 메고 길을 나섰어.

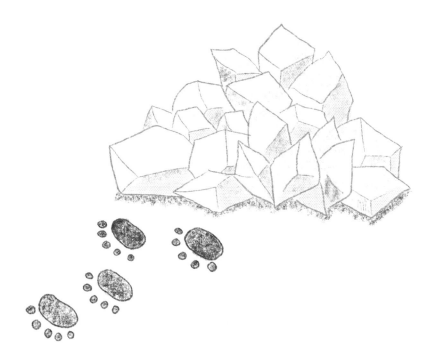

소풍 날의
날씨가 궁금해

    얼음 자루를 어깨에 멘 펑펑이 안경점 앞에 도착했을 때, 다행히 기다리는 손님은 없었어. 하지만 펑펑이 얼음 자루를 내려놓자마자 누군가 안경점의 문을 두드렸어.

    똑똑.

    오늘의 첫 손님은 똘망똘망한 눈을 가진 어린이였어. 사실 눈사람 안경점에는 어린이 손님들이 자주 와. 안경값을 빙수 재료로 낼 수 있어 많이 찾아왔지.

    안경점을 이리저리 둘러보던 손님은 펑펑이 안내한

탁자 앞에 앉자마자 말했어.

"내 이름은 심은이야. 도래초등학교 3학년 2반."

크고 또랑또랑한 목소리였어.

"나는 펑펑이야."

손가락을 꼼지락대던 은이가 잠시 뜸을 들인 뒤 말했어.

"내가 궁금한 건, 다음 주 목요일의 날씨야. 그날 놀이공원으로 소풍을 가거든. 안경으로 미래의 날씨도 볼 수 있을까?"

펑펑은 빙그레 웃었어.

"당연하지. 그런데 조금 시간이 걸릴 거야. 나 혼자서 안경을 만들고 렌즈를 깎아야 하거든. 그 대신 정성을 들여 만들어."

은이는 대수롭지 않은 표정이었어.

"시간은 상관없어."

펑펑은 고개를 끄덕인 뒤, 얼음 창고로 들어가 안경을 만들었어. 눈을 꾹꾹 뭉쳐 순식간에 뭉게구름 모양의 눈덩이 두 개를 만들어 냈지. 구름이 햇빛을 가리고 있을지, 아니면 그 속에 비를 숨기고 있을지 안경이 알려 줄 거야. 얼음을 깎아 렌즈를 만들고, 안경테에 렌즈를 끼운 뒤 호 불자 렌즈가 안경에 찰싹 붙었어.

은이는 펑펑이 건넨 안경을 썼어. 그러자 소풍 날 아침이 눈앞에 펼쳐졌어. 하늘은 아주 맑았어. 바깥 활동을 하기에 딱이었지. 아이들은 모두 한껏 기대하는 얼굴로 운동장에 모여 있었어. 안경은 이내 녹아서 사라졌어.

"펑펑, 소풍 날 날씨는 아주 맑아."

"다행이다! 범퍼카도 타고, 바이킹도 타고, 돗자리 펴고 도시락도 먹을 수 있겠어."

"맞아, 오리배도 타고, 롤러코스터도 탈 수 있겠지."

하지만 은이의 표정은 어두웠어. 풀이 한껏 죽어 있었지. 펑펑은 조심스레 물었어.

"무슨 일 있어?"

"펑펑, 오리배와 롤러코스터의 공통점이 뭔지 알아?"

펑펑은 머릿속에 두 가지를 그려 보았어. 오리배는 느리고, 롤러코스터는 빠르고. 오리배는 물 위에 떠 있고, 롤러코스터는 하늘을 날고. 공통점은 찾을 수 없었어.

은이가 한숨을 포옥 내쉬었어.

"둘이서 타야 한다는 거야. 그런데 난 같이 탈 단짝 친구가 없어."

펑펑은 당황스러웠어. 모두가 소풍을 기다리는 건 아닐지 몰라. 미처 생각하지 못했어. 우물쭈물하는 펑펑을 보며 은이가 말을 이었어.

"나는 목소리가 늘 커. 작게 말하려고 해도 쉽지 않아."

"그건 장점인걸."

"큰 소리가 필요한 사람에게나 그렇지, 우리 할아버지처럼. 말을 하다 보면 목소리가 커지고, 말이 빨라지고, 목소리가 더 커지고, 말도 더 빨라지고……. 친구들은 내가 너무 내 얘기만 해서 힘들대. 엄마도 내가 하고 싶은 말을 너무 다 해서 문제라고 했어. 가끔은 참을 줄도 알아야 한대."

"친구들이 말할 때 잠깐 기다려 보는 건 어때?"

"노력해 봤지. 하지만 금세 입이 근질거리고 속이 답답해. 그래서 꾹 참다가도 결국엔 말을 내뱉고 말아. 풍선이 점점 커지다가 터져 버리는 것처럼 말이야."

"말을 하는 게 왜 좋아?"

"그야 놀라운 이야기는 누구나 좋아하잖아. 새로 나온 매콤한 컵라면의 맛이나 부엉이와 올빼미의 다른 점, 화단에 핀 들꽃의 이름이 노루오줌이라는 것 같은 이야기 말이야."

펑펑은 즐거움을 함께 나누고 싶은 은이의 다정한 마음을 느낄 수 있었어. 하지만 재밌는 이야기를 들려주는 것만큼 상대방의 말을 귀 기울여 듣는 것도 필요했지.

"눈 안경을 만들 때 가장 중요한 게 뭔지 알아?"

"안경? 음, 매끈한 얼음 렌즈? 그래야 앞이 잘 보이니까."

펑펑은 고개를 가로저었어.

"아니야. 손님의 이야기를 잘 듣는 거야. 내가 함께 기뻐하거나 슬퍼해야만 안경에 신비한 힘이 깃들거든. 다른 사람의 기분을 알아차리고 마음을 이해하는 것도 즐겁게 노는 방법이야."

"그렇지만 친구가 말하는 걸 듣다 보면 나도 모르게 머릿속에 다른 생각이 떠올라. 집중하기가 힘들어."

"연습하면 돼. 이건 어때? 이번엔 내가 손님, 은이 네가 눈사람 안경점 주인이 되었다고 생각하고 내 이야기를 들어 보는 거야. 반드시 내 눈을 보면서 어떤 기분일지 떠올려 봐야 해."

펑펑과 은이가 마주 보고 앉았어. 은이는 진지한 표정으로 펑펑을 바라보았지.

"진짜 내 마음이 느껴진다면 은이 네가 만든 눈 안경에서 빛이 날 거야."

은이는 비장하게 고개를 끄덕이며 물었어.

"펑펑, 무엇이 보고 싶어서 왔어?"

"햇볕이 쨍쨍한 사막을 보고 싶어. 사막에 가고 싶지만 나는 눈사람이라 갈 수 없거든."

은이의 머릿속에 뜨거운 햇볕과 새빨간 모래 언덕이 그려졌어. 은이는 펑펑의 눈을 바라보려고 노력했어. 그러자 사막에 가면 녹아내릴 펑펑의 모습이 떠올랐어.

"가고 싶어도 갈 수 없는 건 안타까운 일이야."

펑펑은 그 마음을 간직한 채 눈을 뭉쳐 보라고 눈짓으로 말했지.

은이가 눈을 뭉치기 시작했어. 펑펑이 은이의 안경을 만들었던 것처럼. 정성을 담아 동그랗게 빚었지. 은이가 만든 눈덩이는 펑펑의 손에서 근사한 안경테가 되었어. 펑펑이 입김을 호 불자 안경테는 더 단단하게 얼어붙었어. 잠시 후 안경테에서 옅은 빛이 뿜어져 나왔어.

"우리 마음이 통했나 봐!"

"우아, 반짝반짝 예뻐."

은이는 이제야 알 것 같았어. 마음을 주고받는 게 아름답고 즐거운 일이라는 걸 말이야. 눈 안경은 이내 녹아서 사라졌지만 은이는 이 기분을 잊지 않기로 했어. 은이는 가방에서 자그마한 푸딩을 꺼냈어.

"안경값이야. 내가 가장 좋아하는 디저트거든. 꽤 비싸서 용돈을 모아서 사곤 해."

"고마워. 푸딩 빙수는 처음인걸."

은이가 집으로 돌아간 뒤, 펑펑은 눈이 소복이 쌓인

그릇에 푸딩을 얹었어. 꿀도 조금 뿌렸지. 펑펑은 얼른 퍼서 입안 가득 넣었어. 펑펑의 눈이 동그랗게 커졌어.

"너무 맛있잖아! 하마터면 세상에서 푸딩을 제일 많이 먹은 눈사람이 되는 걸로 꿈을 바꿀 뻔했어."

푸딩 빙수는 달콤하고 부드러웠어. 좋아하는 걸 나누고 싶은 은이의 마음처럼. 펑펑은 하얀 얼굴에 꿀이 묻

어 반들거리는 줄도 모른 채 그릇을 싹싹 비웠어.

목요일 날씨는 아주 맑았어. 운동장에는 커다란 버스들이 줄지어 주차되어 있고, 아이들은 선생님의 지시에 맞춰 같은 반끼리 모여 있었어. 안경으로 보았던 모습 그대로였지.

은이가 친구들에게 다가가자 다들 인사를 건넸어. 친구들은 놀이공원에서 가장 빠르다는 롤러코스터 '메가스톤'에 대해 한창 얘기하고 있었어. 은이 역시 어젯밤에 이미 놀이공원에 있는 모든 놀이기구에 대해 찾아봤지. 그래서 얼른 같이 대화하고 싶었어.

"난 메가스톤 타기 싫어. 놀이기구는 너무 무서워."

지연이가 말했어. 그러자 다른 친구들이 한마디씩 했어.

"뭐가 무섭냐? 난 눈 안 감고도 탈 수 있는데."

"롤러코스터 안 탈 거면 놀이공원 안 가는 게 나아."

얼굴이 빨개진 지연이는 아무 말도 못 하고 있었지. 은이는 자신이 나설 차례라는 걸 알았어.

"메가스톤 옆에 있는 '독수리 비행'은 더 작은 롤러코스터라 탈 수 있을 거야. '다람쥐 통'이라는 놀이기구는 뱅글뱅글 돌아가서 어지럽긴 해도 무섭지 않대."

"정말?"

"응, 나도 겁이 많아서 독수리 비행 탈 거야."

"곧 출발할 시간이니까 다들 버스에 타세요."

선생님의 말에 친구들이 하나둘 버스에 탔어. 짝을 정하지 못한 은이는 어정쩡하게 서 있었지. 그때였어.

"은이야, 나랑 앉을래? 독수리 비행도 같이 타자!"

지연이였어. 은이의 심장이 콩닥콩닥 뛰었어. 은이는 펑펑에게 들려줄 이야기가 잔뜩 생기길 바라면서 지연이와 함께 버스에 올랐어.

친구의
슬픔이 궁금해

펑펑은 눈 위에 찍힌 발자국 보는 걸 좋아해. 유심히 살펴보면 그곳에는 이야기가 숨어 있거든. 눈 위에 신발 자국과 강아지 발자국이 나란히 찍혀 있으면 이렇게 상상해 보는 거야. 강아지와 사람이 산책을 나왔어. 발자국의 크기가 앙증맞은 것으로 보아 강아지의 몸집은 크지 않아. 강아지

발자국은 어떨 때는 네 발이 번갈아 찍혀 있다가 어떨 때는 두 발씩 나란히 찍혀 있기도 해. 이렇게 두 발이 같이 찍혀 있을 때는 강아지가 신이 나서 폴짝폴짝 뛰었다는 뜻이야.

신이 난 발자국을 따라가면…… 노란색 자국이 보여. 다른 강아지가 영역 표시를 하고 갔나 봐. 친구의 냄새가 나자 신이 났던 거지. 상상은 꼬리에 꼬리를 물고 이어져서 시간 가는 줄 모르지.

"저기, 눈사람 안경점을 찾아왔는데."

펑펑은 얼른 정신을 차리고 손님을 보았어. 펑펑의 앞에는 작은 강아지가 앉아 있었어. 녹은 눈과 비슷한 회색빛 털을 가지고 있었지. 작은 몸집 덕에 언뜻 어린 강아지 같았지만, 자세히 보면 흰 털이 듬성듬성 나 있고 한쪽 눈은 오묘한 녹색을 띠고 있었어.

"이쪽으로 와."

강아지가 펑펑을 따라 안경점 안으로 들어갔어. 바닥에 앉은 강아지가 자신을 소개했어.

"나는 망지야. 요즘 고민이 있어. 같이 사는 윤주가 좀 이상해. 한숨을 푹푹 쉬고 가끔 울기도 해. 나랑 같이 산책도 하지 않고……. 윤주의 마음을 들여다보고 싶어서 왔어. 그런데 나는 눈이 잘 보이지 않아. 한쪽 눈은 거의 보이지 않고."

잠시 생각에 잠겼던 펑펑이 말했어.

"괜찮아. 마음으로만 보이는 것들도 있거든."

망지는 펑펑의 말에 웃었어. 그러고는 바닥에 납작 엎드렸지.

"잠깐 누워도 괜찮을까? 사실 여기까지 눈길을 뛰어오느라 힘들었거든."

펑펑은 따뜻한 담요를 가져와 망지를 덮어 주었지. 안경점 한편에는 손님들을 위한 담요가 늘 접혀 있거든. 펑펑은 잠시 망지의 옆에 앉았어. 긴장이 풀리며 점

점 잠이 쏟아진 망지는 한껏 잠에 취한 목소리로 말을 쏟아 냈어.

망지는 늘 윤주가 어떤 마음인지 다 알 수 있어. 학교에서 좋지 않은 일을 겪고 집으로 돌아와 애써 웃으며 아무렇지 않은 척할 때도 망지는 윤주가 속상하다는 걸 알아. 그럴 땐 슬쩍 엉덩이를 갖다 대고 따뜻한 기운을 나누어 주곤 해. 그럼 윤주도 그 마음을 알고 망지의 등을 가만히 쓰다듬어 줘.

"그런데 며칠 전부터 시작된 윤주의 눈물이 멈추지 않아."

윤주는 아무리 속상한 일도 망지와 꼭 붙어서 자고 일어나면 툭툭 털어 냈어. 그런데 요즘에는 망지에게 밥을 주다가 울고, 망지와 산책하다가 울고, 망지를 쓰다듬다가 꼭 끌어안으며 울었어. 그래서 망지는 결심했어. 윤주의 고민이 무엇인지 제대로 알아내서 해결해

주기로 말이야.

어떻게 알아낼지 고민에 빠진 망지가 창밖을 바라보고 있었어. 그때 동네를 떠돌아다니는 강아지 둔치가 나타났어. 망지네 집은 1층이라 아파트 화단과 바로 통하는데, 바깥 보기를 좋아하는 망지를 위해 윤주가 늘 창문을 열어 두고 집을 나서거든.

"망지, 기분이 안 좋아 보여."

망지는 지금까지의 일을 둔치에게 설명했어. 둔치는 잠시 고민하더니 눈사람 마을에 대해 들려주었어. 팥빙수산 꼭대기에 가면 눈사람 마을이 나오는데, 거기에 원하는 건 무엇이든지 보여 주는 곳이 있다는 거야. 어쩌면 윤주의 마음까지 볼 수 있을지 모른다고.

망지는 당장이라도 집 밖으로 나가고 싶었지만, 현관문은 굳게 잠겨 있었어. 그래서 기회를 노리기로 했어.

며칠 후 택배가 도착해 잠시 현관문이 열린 사이 망

지는 밖으로 뛰쳐나갔어. 윤주가 놀랄 것 같았지만 잠깐이면 된다고 생각했지. 망지는 뒤도 돌아보지 않고 뛰었어. 그렇게 안경점에 도착한 거야.

조용히 듣고 있던 펑펑은 망지가 얕은 잠에 빠진 것을 확인하고 자리에서 일어났어. 펑펑은 눈을 꾹꾹 뭉쳐서 동그란 테를 만들었어. 그다음 작고 동그랗게 뭉친 눈을 여러 개 만들었지. 그리고 동그란 테 위에 하나씩 붙이자, 강아지 발 모양이 되었어. 정성을 다해서 깎은 렌즈까지 완성했을 때, 마침 망지가 엎드렸던 몸을 일으켰어. 펑펑은 입김을 후 불어 단단하게 굳힌 안경을 들고 망지에게 다가갔지.

"윤주의 마음이 보이는 안경이야."

펑펑이 망지의 눈에 안경을 얹어 주었어. 어두컴컴했던 눈앞이 점차 밝아지더니 무언가 보였어. 윤주였어. 윤주는 망지를 품에 안고 울고 있었어. 네 발이 축 처진

망지는 움직이지 않았지.

한 달 전 동물 병원에 다녀온 날이 떠올랐어. 그날 망지는 네 발을 꼭 잡힌 채로 검사를 받았어. 무섭고 싫어서 버둥거렸지만 소용없었지. 검사가 끝난 다음 의사 선생님이 말했어.

"나이를 먹어서 그런 것 같아요. 평생 아기일 것 같은

강아지들에게도 시간은 공평하게 흐르니까요. 큰 병은
없으니 잘 관리해 주면 괜찮을 거예요. 너무 걱정하지
마세요."

망지를 번쩍 든 의사 선생님이 눈을 마주치며 말했어.

"작은 아기였을 때 다리를 다쳐서 이 병원에 처음 왔
던 것 같은데. 너도 나이가 들었구나. 괜찮아, 자연스러운 일이야."

생각해 보니 그때부터 윤주의 슬픔이 시작되었던 것 같아. 그제야 망지는 알 것 같았어. 그러니까 윤주를 울게 만든 건 망지였어. 윤주는 망지와의 이별을 걱정하고 있었나 봐.

망지는 알고 있었어. 예전과 달리 음식이 맛있지 않고, 오래 뛸 수 없고, 잠을 오래 잔다는 것을. 아무래도 윤주와 함께할 시간이 얼마 남지 않았다는 걸. 하지만 크게 슬프지 않았어. 어릴 적 엄마를 떠나 윤주를 만났던 것처럼 헤어짐이 있으면 또 만남이 있을 거니까. 망지의 마음속에는 윤주와의 추억이 많이 남아 있었으니까. 안경이 조금씩 녹아내렸어.

"나와 달리 윤주는 헤어지는 게 많이 슬픈 모양이야."

"슬픔의 크기는 모두 다르니까."

펑펑의 말에 망지의 귀가 축 처졌어.

그때 펑펑의 머릿속에 좋은 생각이 났어. 윤주와 망지에게 또 하나의 추억을 선물하고 싶어졌지. 펑펑은 망지의 귀에 대고 무언가를 속삭였어. 망지가 이내 "왕!" 짖었어. 제자리에서 펄쩍펄쩍 원을 그리며 뛰다가 문득 멈춰 섰지.

"앗! 맞다. 안경값으로 빙수 재료를 줘야 한다고 들었어. 분명 물고 왔는데 정신없이 뛰다가 놓친 모양이야."

"무엇을 주려고 했는데?"

"엄청나게 크고 쫄깃한…… 개껌!"

"개껌?"

망지는 생각만 해도 군침이 도는 듯 입맛을 다셨어. 펑펑은 고개를 절레절레 저었지. 개껌이라면 굳이 받지 않아도 괜찮았으니까.

펑펑은 팔짱을 척 끼고 말했어.

"오늘은 특별히 1회 체험으로 해 줄게. 공짜로 해 준다는 뜻이지. 대신 조건이 있어."

망지의 귀가 쫑긋 올라갔어.

"다른 강아지들에게 소문을 많이 내 줘. 그렇지만 안경값은 개껌이 아니면 더 좋겠어."

망지는 고개를 끄덕인 뒤 잠시 펑펑의 발에 자신의 엉덩이를 가져다 대었어. 망지의 온기 때문에 발끝이 살짝 녹았지만 상관없었어. 눈사람도 때로는 따스함이

필요하거든.

평펑이 문을 열어 주자 망지는 쏜살같이 뛰어나갔어. 나이가 많다는 게 느껴지지 않을 만큼. 망지는 곧 꼬리도 보이지 않을 만큼 벌써 저 멀리 달려가고 있었지.

평펑은 망지의 녹색 눈망울에서 알 수 있었어. 윤주가 어떤 표정으로 망지를 바라보았을지 말이야. 평펑이 망지의 귀에 대고 한 말은 이랬어.

"오늘 눈이 많이 올 거래."

평펑은 사실 죽음이 뭔지, 이별이 뭔지 잘 알지 못했어. 매일 손님이 오고 가지만 오랫동안 머무는 경우는 없었고, 눈사람들은 눈사람 마을에서 영원히 살아갈 수 있으니까.

하지만 하나는 확실히 알 수 있었어. 망지가 윤주를 많이 걱정하고 있다는 걸 말이야. 얼마나 정신없이 뛰어왔는지 망지는 오른쪽 앞발에 상처가 난 줄도 모르고 있었어. 오자마자 잠에 빠져든 걸 보면 나이가 적지 않은 망지에게는 팥빙수산을 오르는 게 쉽지 않았을 거야. 펑펑은 망지의 뒷모습을 보며 생각했어. 항상 옆에 있던 누군가와 영영 헤어진다는 건 어떤 느낌일까?

　망지는 뛰고 또 뛰어서 집으로 돌아왔어. 베란다에서 "왕!" 하고 짖어 윤주를 불렀지.
　"망지야!"
　윤주는 눈물과 콧물 범벅이 된 채로 밖으로 뛰쳐나왔어. 망지를 끌어안고 어디에 갔었냐며 한참 울었어. 윤주가 조금 진정되자 망지는 몸을 버둥거렸어. 윤주는 어쩔 수 없이 망지를 내려놓았지. 망지는 오른쪽 왼쪽으로 번갈아 뛰기도 하고, 위아래로 펄쩍거리기도 하면서 윤주 주위를 뛰어다녔어. 이전만큼 빠르진 않았지만, 최선을 다해서! 망지는 윤주를 이끌고 평소 자주 산책하던 공원에 갔어. 그사이 눈이 잔뜩 쌓였지.

망지가 또 사라질까 봐 걱정하며 쫓아오던 윤주의 입가에도 서서히 웃음이 피어났어. 망지의 혀가 쏙 삐져나오고 윤주의 볼이 발그레해졌어. 둘은 눈밭을 이리저리 헤집고 다녔어.

망지는 윤주를 보며 생각했어. 아직은 조금 먼 훗날이겠지만, 시간이 지나서 망지가 정말로 윤주의 곁에서 사라졌을 때, 오늘을 떠올리면 좋겠다고. 눈이 내릴 때마다 신나게 춤을 추는 망지가 곁에 있다고 느끼면 좋겠다고.

하얀 눈에 윤주의 발자국과 망지의 발자국이 나란히 찍혔어. 작은 추억이 모이면 행복한 기억이 되기도 해. 작고 가벼운 눈을 뭉치면 커다란 덩어리가 되는 것처럼. 하늘에서는 눈이 내렸어. 펑펑, 아주 펑펑.

내 짝꿍이 궁금해

"콩고물이 잔뜩 묻은 인절미를 얹어 볼까? 아니면 짭짤한 치즈 가루를 뿌려 볼까?"

펑펑은 깊은 고민에 빠져 있었어. 오늘 하루를 활기차게 시작하기에 어떤 빙수가 좋을지 말이야.

"오늘은 왠지 우유를 듬뿍 넣은 빙수를 먹고 싶어. 우유를 어디에 두었더라……."

펑펑이 냉장고 안을 뒤적거리고 있을 때였어.

"여기가 눈사람 안경점이야?"

한 손님이 열린 문 틈새로 물었지. 손님은 장갑 낀 두 손을 마주 잡고 하얀 입김을 포옥 내쉬고 있었어.

"나는 윤명빈이야. 부탁하고 싶은 게 있어."

"나는 펑펑이야. 안으로 들어와."

"여긴 우리 동네보다도 더 춥네. 옷을 껴입었는데도 꼭 냉장고 안에 있는 것 같아, 으으."

명빈이는 칭칭 두른 목도리를 풀며 가게 안을 두리번거렸어. 한쪽 벽에 놓인 다양한 모양의 안경들이 눈길을 사로잡았지.

"무슨 도움이 필요해?"

명빈이가 발끝을 바라보며 말했어.

"다음 주에 있을 짝 바꾸기 시간에 누구랑 짝이 될지 알고 싶어."

"특별히 짝이 되고 싶은 사람이 있어?"

"앗, 아니!"

명빈이 얼굴이 붉게 물들었어.

"사실은…… 맞아. 그 애 이름은 문예진이야."

"짝이 되고 싶은 이유를 물어봐도 돼?"

"음, 친해지고 싶은데 얼굴을 보면 자꾸만 숨게 돼.

왜냐면……. 하여튼 짝이 되면 가까워질 수 있을까 싶어서 여기를 찾아오게 된 거야."

펑펑은 생각했어. 아무래도 명빈이에게 다 말하지 못하는 사정이 있는 것 같다고.

"그래, 짝이 될지도 모르지. 그럼 예진이와 자연스럽게 친해질 수 있을 거야."

펑펑의 말에 명빈이는 환하게 웃었어. 그러더니 가방에서 딸기 한 통을 꺼냈어.

"안경값으로 빙수 재료를 주면 된다고 들었어."

"딸기를 잔뜩 얹은 우유 빙수를 먹을 수 있겠다. 기다려. 곧 안경을 만들어 올게."

펑펑은 창고로 향했어. 먼저 눈을 둥글게 뭉쳤어. 그리고 조물조물 눈을 굴리고 다듬어서 작은 하트 모양 두 개를 만들었어. 명빈이의 진심이 잘 담기면 좋겠다고 생각했지. 다음은 렌즈를 만들 차례야. 펑펑은 조각칼로 얼음을 깎았어. 커다란 얼음덩어리를 반으로 쪼개고 더 작게 만들려는 순간이었어.

'앗, 안 돼!'

펑펑은 조각칼을 삐끗하고 말았지. 얼른 얼음을 들어 빛에 이리저리 비춰 보니 다행히 흠집이 나지 않은 것 같았어. 펑펑은 입김을 불어 단단하게 굳힌 안경테에 얼음 렌즈를 살살 끼워 넣었어. 펑펑은 조심조심 안경을 들고 명빈이 앞에 섰어.

"이 눈 안경을 쓰면 짝꿍을 미리 볼 수 있을 거야."

명빈이는 펑펑이 건넨 안경을 썼어. 시원한 느낌이 들었어. 열린 창문으로 바람이 불어오는 것처럼 상쾌한 기분이었지. 명빈이의 눈앞에 3학년 1반 교실이 펼쳐졌어. 예진이의 모습도 보였어. 예진이의 옆자리에 앉는 사람을 보려고 명빈이는 자기도 모르게 고개를 쭉 뻗었어. 그때였어.

"펑펑, 안경이 이상해. 눈앞이 울렁거리면서 잘 안 보여."

건너편에 앉아 있던 펑펑은 깜짝 놀라 자리에서 일어났어. 평소답지 않게 허둥거리느라 의자 아래로 퍽 넘어지고 말았지. 안경은 이미 녹아서 물이 뚝뚝 떨어지고 있었어. 펑펑은 어깨를 축 늘어뜨리며 사실대로 말

했어.

"렌즈를 깎을 때 칼을 놓쳤는데 눈가루가 살짝 들어
갔나 봐."

"괜찮아. 어쩔 수 없지."

"조금만 기다리면 내가 다시 만들어 줄게."

"곧 학원 갈 시간이라 돌아가야 해."

"앗, 정말 미안해……."

펑펑은 미안해서 어쩔 줄 몰랐어. 딸기를 돌려주려고 했지만, 명빈이는 받지 않았어.

"너에게 주려고 가져온 거야."

이제 펑펑이 할 수 있는 건 응원뿐이었지.

"오래전에 안경점에 다녀간 손님이 말해 준 적이 있어. 모든 일은 생각하는 대로 흘러간대."

펑펑의 말에 명빈이는 밝은 표정으로 고개를 끄덕이고 안경점을 나섰어. 명빈이가 떠나고 난 뒤 펑펑은 바닥에 벌러덩 누워 버렸어. 역시 렌즈 깎는 건 어려워. 펑펑은 벌떡 자리에서 일어났어. 렌즈를 잘 깎기 위해 오늘부터 혹독하게 연습할 작정이었지.

며칠 뒤 누군가 안경점 문을 두드렸어.

"나야, 펑펑."

명빈이였어. 펑펑은 며칠 동안 밤낮없이 얼음을 깎느

라 비몽사몽한 상태로 문을 열었어.

"펑펑, 피곤해 보여."

"나는 괜찮아. 혹시······."

"맞아! 나 예진이랑 친구가 되었어."

"정말이야?"

펑펑은 당장이라도 뛰쳐나가 눈밭에 뒹굴고 싶었어. 하지만 눈사람 체면이 있으니 꾹 참았지.

"예진이랑 짝이 된 거야?"

"아, 내 짝꿍은 민준이야. 민준이랑도 친해지기는 했지."

"그럼 예진이랑은 어떻게 친구가 된 거야?"

"펑펑, 네가 말했잖아. 생각하는 대로 이뤄질 거라고!"

펑펑은 당연히 명빈이가 예진이랑 짝이 되는 상상을 했을 거라고 믿었어. 그리고 그 꿈이 이뤄졌다고 생각했지. 하지만 명빈이가 들려준 말은 예상과 달랐어.

"예진이한테 말을 건네는 상상을 여러 번 했어. 그랬더니 정말 예진이에게 당당하게 말할 수 있었어. 조금 떨리긴 했지만."

"뭐라고 말했는데?"

"같이 떡볶이 먹으러 가자고. 자기소개 시간에 예진이가 떡볶이를 좋아한다고 말했거든."

펑펑은 이제야 알 수 있었어. 명빈이에게 정말 필요했던 게 무엇인지 말이야. 그건 예진이에게 먼저 말을 건넬 용기였던 거야.

'손님의 속마음을 이해하는 일에도 연습이 더 필요하겠군.'

명빈이는 예진이와 떡볶이를 먹으러 갔던

날에 대해 이야기했어. 예진이를 본 적은 없지만, 펑펑역시 둘의 모습을 상상하며 즐겁게 들었지. 어느새 시간은 훌쩍 지났어.

"이제 가야겠다. 고마워, 펑펑. 네 덕분이야."

"용기를 낸 건 명빈이 너인걸."

명빈이는 다음에 꼭 예진이와 같이 오겠다는 말을 남기고 떠났어.

사실 펑펑은 마음이 불편해서 명빈이가 주고 간 딸기를 먹지 못하고 있었어. 이제야 마음이 편안해졌지. 펑펑은 딸기를 잘게 잘라 얹고, 우유를 듬뿍 부은 빙수를 크게 떠먹었어. 새콤한 딸기와 신선한 우유는 완벽한 짝꿍이었지. 펑펑은 언젠가 자신에게도 단짝 친구가 생길 수 있을까 생각하며 그릇을 싹싹 비웠어.

그때 안경점 창밖으로 별똥별 하나가 뚝 떨어졌어. 펑펑은 보지 못했지만.

직원을 구합니다

펑펑은 늘 혼자였어. 안경점의 불을 밝힐 때도, 손님을 맞이할 때도, 안경을 만들 때도, 일이 끝나고 가게를 정리할 때도, 잠들기 전에도. 물론 외롭지는 않았어. 마을 눈사람들과 왔다 간 손님들 모두 소중한 친구였거든. 하지만 홀로 가게를 운영하는 건 갈수록 쉽지 않았어. 그래서 결심했지. 눈사람 안경점의 새로운 직원을 뽑기로!

펑펑은 '직원 구함. 먹을 것과 잘 곳 제공.'이라고 적

은 여러 장의 전단을 만들었어. 완성된 전단은 마을 곳곳에 붙였어. 관심 있는 누군가가 찾아오기를 간절히 바라면서.

눈사람 안경점의 전단을 붙이고 세 밤이 지났어. 그동안 안경점에 찾아온 면접자는 총 둘이야.

첫 번째는 긴 꼬리를 가진 고양이였어. 고양이는 가벼운 몸놀림으로 안경점을 누볐어. 물건을 절대 건드리지 않으면서 탁자 위를 오르내리기도 했지. 안경이 많은 안경점에 딱 맞는다고 생각했어. 하지만 펑펑이 얼음이 가득한 창고를 열자 털이 바짝 선 고양이가 고개를 갸웃거렸어.

"여기는 너무 추워. 털이 있긴 하지만, 난 따뜻한 곳에서 몸을 말고 멍하니 있는 걸 좋아해. '식빵 굽기'라고도 하지. 아무래도 난 안 되겠어."

그다음으로 찾아온 건 한 어린이였어. 자신을 '소유 정'이라고 소개한 아이는 펑펑이 묻기도 전에 어떻게 오게 되었는지, 왜 이곳을 왔는지 육하원칙에 맞춰 알려 주었어. 또박또박한 발음 덕에 내용이 귀에 쏙쏙 박혔지. 꿈이 기자인 유정이는 안경점에 방문하는 손님들을 통해 이야기를 듣는 연습이 하고 싶다고 했어. 손님

의 이야기에 귀를 기울이는 건 확실히 도움이 될 것 같았어. 하지만 문제가 있었지.

"먹을 것과 잘 곳은 필요 없어. 난 집에서 가족들이랑 살고 있거든. 그저 여러 가지 사건을 듣고 싶어. 일종의 연습인 셈이지."

펑펑은 고개를 가로저었어.

"일을 하면 무엇이든 대가를 받아야 해. 그리고 손님들이 털어놓는 이야기는 안경을 만드는 데만 필요할 뿐이야."

어두운 밤, 펑펑은 창문 앞에 앉았어. 망원경 대신 두 눈으로 그냥 먼 하늘을 바라보았지. 그저 캄캄해 보이지만 물끄러미 바라보면 작은 별이 하나씩 보였어. 계속 바라보면 그 옆에 있는 별이, 또 그 옆에 있는 별이 보이다가 어느새 하늘은 별로 가득 찼어.

어쩌면 고민도 그럴지 몰라. 막막할 때는 그냥 가만

히 있는 것도 방법이야. 시간을 들여 기다리면 하나씩 하나씩 방법이 보이는 거지. 그래서 펑펑은 기다리기로 했어. 안경점에 꼭 필요한 직원이 나타날 때까지.

며칠 후 반가운 얼굴이 눈사람 안경점을 찾아왔어.
"……스피노?"

얼음을 캐러 갔던 날 동굴에서 만났던 북극곰이었어. 스피노도 반가웠던지 풀쩍 뛰어 펑펑을 안았어. 너무 세게 안은 나머지 펑펑이 발버둥을 쳐야 했지.

"그나저나 무슨 일로 왔어?"

펑펑이 묻자 스피노가 머리를 긁적였어.

"아, 실은 내가 살던 동굴이 무너졌어. 다행히 나는 생선을 잡으러 바다에 나가 있을 때라 다치지 않았는데 졸지에 집이 사라져 버렸거든. 혹시 여기에서 며칠 머물 수 있을까?"

그때 펑펑의 머릿속에 불이 번쩍 켜졌어. 펑펑은 스피노를 찬찬히 살펴보았지. 북극곰은 추위를 타지 않아. 스피노는 딱히 살 곳도 정해져 있지 않았지. 오히려 당장에 갈 곳이 없는 신세였어. 게다가 얼음까지 잘 깎는 스피노는 안경점에 딱 맞는 직원이야. 펑펑은 스피노에게 물었어.

"스피노, 혹시 나랑 안경점에서 일하는 건 어때?"

스피노는 어리둥절한 표정으로 되물었어.

"내가? 내가 무슨 일을 할 수 있을까?"

"얼음을 잘 깎잖아. 날카로운 발톱으로 렌즈를 깎아 주면 좋겠어."

스피노는 곧 함박웃음을 지었어.

"그래도 돼?"

펑펑은 고개를 크게 끄덕였어. 스피노는 신이 나서 안경점 안에서 춤을 추었지. 그러자 벽에 걸려 있던 안경들이 흔들렸어.

"스피노, 안경점이 무너지겠어!"

스피노는 아차 싶은 표정으로 펑펑에게 말했어.

"참, 우리가 같이 은하수를 본 날. 내가 소원을 빌었는데 그게 이루어지려는 걸까? 내 소원은 말이야, 세상에서 제일 사랑받는 북극곰이 되는 거거든. 아무도 무서워하지 않고, 누구나 달려와서 안기는 북극곰!"

"왜?"

"혼자는 너무 외롭잖아."

펑펑은 스피노의 손을 가만히 잡았어. 스피노도 그런 펑펑의 손을 꼭 마주 잡았지.

"앞으로 이곳에 오는 손님들에게 내 매력을 보여 주

면 되겠어. 입소문을 타면 사람들이 나를 보러 안경점에 올지도 모르지, 우하하하."

"정말이네! 그럼 손님들이 많이 오도록 안경점을 잘 가꾸어야지."

펑펑은 스피노에게 손걸레를 건넸어. 스피노의 눈이 휘둥그레졌어.

"처, 청소? 청소는 너무 싫은데……. 펑펑, 생각해 봐. 여기 쌓인 먼지도 안경점에 있고 싶지 않을까? 누군가 떨어뜨린 머리카락도 다 추억이야!"

펑펑은 단호한 표정으로 스피노를 바라보았어. 스피노는 울상이 되어 펑펑이 내민 손걸레를 받아 들었어.

"스피노, 저기 있는 안경들부터 부탁할게."

스피노는 터벅터벅 걸어 안경 진열장 앞으로 향했어. 펑펑이 여행을 갈 때마다 사 온 기념품들이었지. 그런데 스피노가 안경 하나를 집어 든 순간.

뚝.

안경테가 부러지고 말았어. 안경점 안은 고요했어.

스피노의 등 뒤로 찬 기운이 느껴졌어. 북극곰인 스피

노까지 추위를 느낄 만큼. 스피노는 식은땀을 삐질삐질

흘렸지. 펑펑은 부러진 안경을 다시 붙여 보려 애쓰는 스피노를 보며 생각했어.

'앞으로 괜찮겠지?'

작가의 말

몇 년 전, 어린 시절에 선생님께 보냈던 편지를 발견했어요.

선생님 안녕하세요.

이제 크리스마스가 다가오고 있어서 선생님께 예쁜 카드를 보내 드릴게요.

저는 겨울이 좋아요. 왜냐하면 친구들과 눈싸움도 할 수 있고 또 눈사람도 만들 수 있잖아요.

그리고 제 소원은 눈사람이랑 같이 밤새도록 녹지 않고 같이 있는 거예요.

그럼 눈사람이랑 같이 책도 읽고 또 이야기도 나눌 거예요.

그 겨울 제가 만든 눈사람은 어떻게 생겼을까요? 커다란 눈사람일지, 작은 눈사람일지, 눈코입은 무엇일지 궁금했어요. 그러면서 그동안 제가 만들어 왔던 눈사람들의 행방이 궁금해졌어요. '흔적도 없이 사라진 눈사람들은 사실 녹지 않은 게 아닐까? 어딘가에 모여 사는 건 아닐까?' 하면서요.

'펑펑'은 어느 겨울 제가 만들었을, 함께 책도 읽고 이야기도 나누고 싶었던 눈사람이에요. 그 눈사람이 저에게 속삭였던 말이 용감하고 긍정적인 지금의 저를 만들었을지도 몰라요. 이 책을 읽는 친구들의 마음에도 평생 녹지 않는 눈사람이 자리 잡아 언제든 단단하게 만들어 주면 좋겠습니다.

참, 여러분은 얼음 안경으로 무엇을 보고 싶나요? 저는 아직 정하지 못했어요. 부모님의 젊은 시절도 보고 싶고, 반려견 송송이의 꼬물거리던 아가 시절도 보고 싶고, 오래전에 정말 재밌게 읽었는데 제목을 찾지 못한 책도 궁금하거든요. 언젠가 저를 만나게 되면 무엇이 보고 싶은지 알려 주세요. 안녕!

2024 겨울

나은

여기서 끝이 아니야!

펑펑과 함께 하는 비밀 활동

1
숨은 펑펑 찾기

6면에서 팥빙수산에
숨은 펑펑을 찾아 봐!

2
내 별자리 찾기

32면의 밤하늘에서
별자리를 찾아 봐!

물병자리
1/20~2/18

물고기자리
2/19~3/20

양자리
3/21~4/19

황소자리
4/20~5/20

쌍둥이자리
5/21~6/21

게자리
6/22~7/22

사자자리
7/23~8/22

처녀자리
8/23~9/23

천칭자리
9/24~10/22

전갈자리
10/23~11/22

사수자리
11/23~12/24

염소자리
12/25~1/19

정답

양자리

황소자리

물고기자리

물병자리

쌍둥이자리

염소자리

게자리

사자리

사수자리

사자자리

천칭자리

전갈자리

처녀자리